히마와리 하우스

하모니 베커 지음 · 전하림 옮김

일러두기

1. 이 책은 제1 언어인 영어를 한국어로 번역한 후 편집하였고,
일본어와 한국어가 병기되어 있습니다.
2. 인물이 일본어로 말하는 부분은 일본어를 병기했습니다.
3. 인물이 한국어로 말하는 부분은 서체를 달리했습니다.

내게 남아 있는 일본에 대한 기억은 다음과 같다.

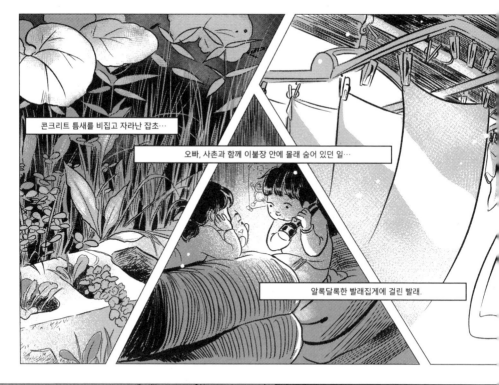

콘크리트 틈새를 비집고 자라난 잡초…

오빠, 사촌과 함께 이불장 안에 몰래 숨어 있던 일…

알록달록한 빨래집게에 걸린 빨래.

내 보물 상자, 그리고 그 안에서 나는 냄새.

그 냄새만 맡으면 집에 온 것 같은 느낌이 들었다.

미국에 와서도 늘 옛집이 그리울 때면…

나는 그저…

상자 뚜껑을 열고…

깊은 숨을 들이마시기만 하면 되었다.

모든 것이 다 커다랗고 시끄럽던 미국 학교로 전학 왔을 때, 주변 아이들은 내가 그들과 다르다는 사실을 늘 서슴없이 지적하곤 했다.

그래서 내가 택한 방법은 두 가지.

적응하는 것이었다. 집에서도 더는 일본어를 쓰지 않았으며, 학교에 갈 때도 도시락을 싸 가지 않았다.

일부러 미국 만화를 보고, 축구팀에 들어갔으며, 사람들이 내 이름을 틀리게 발음해도 그냥 그대로 넘어갔다.

그러는 동안, 마음속에서 난, 내 자신으로부터 탈피해

나에 대해 아무 설명도 할 필요가 없는 곳으로…

모두가 나 같은 겉모습에 나같이 말하고 나같이 행동하는 곳으로 훨훨 날아갔다.

그래, 나는 달라.

이곳은 내 고향이 아니야.

내 고향은 멀리
떨어져 있어.

그런 식으로, 나를 두 개의 자아로 분리시켰다.

나이가 들며 상자 속 냄새는 점점 희미해졌고…

더불어 모국어에 대한 지식도 점차 옅어졌다.

나는 미국인으로 자라났다.

하지만 일본에 대한 기억만은…

늘 가슴 한구석에 굳게 자리하고 있었다.

승객 여러분, 우리는
이제 곧 도쿄 나리타공항에
착륙 수속을 시작합니다.

부ㅇㅇ~~ㄴ

閒もなく
잠시 후

当機は成田空港に 着陸致します
이 항공기는 나리타공항에
착륙할 예정입니다.

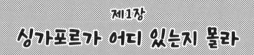

제1장
싱가포르가 어디 있는지 몰라

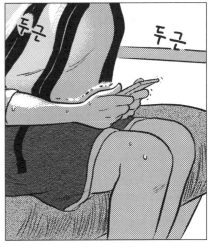

あんた、これ邪魔だからちょっとどけてくれない?

はい?
예?

はい、どうぞ
네, 여기 앉으세요.

そうじゃなくて
아니, 그게 아니라.

カバン‼
가방‼

上‼
위로‼

13

우와, 저 몽글몽글 폭신한 나무들… 기억이 난다.

그리고 저 논도…

내가 정말 돌아왔다니, 실감이 나지 않는다.

그리고 이 냄새…

이러고 있으니 마치…

냄새에 흠뻑 취해 버릴 것 같아.

あの…
저….

すみません
실례합니다만.

ひまわりハウスは どこですか?
히마와리 하우스가
어디 있나요?

ひまわりハウス?
히마와리 하우스?

はい
네.

내가 뭔가 잘못 발음했나…?

すぐそこですよ
바로 여기라오.

아, 바로 내 등에 있었구나.

ありがとうございます
정말 감사합니다.

いいえいいえ
별 말씀을.

영—차

딩 동

20

無表情
무표정

あ
아.

はい
그래요.

お茶 入れるね
차를 좀
내올게요.

여기 참 좋은 분위기가 흐른다.

벌써부터 집에 온 듯한 느낌이야.

22

자, 여기
차 드세요.

정말 감사합니다.

만나서 정말
반갑습니다.

제 이름은 혜정이고,
한국 사람이에요.

저도요.

23

저, 학생… 이세요?
学生…ですか

맞아요.
そうよ。

예전에는 한국에서
대학 @#$%
前は韓国大学 通ってたけど

지금은 이곳에서
@#$ 학교에 가려고
일본어 학원에 @#$%.
今は美術大学 入るように
日本語 院通ってる

아… 그렇습니까….
あ…そうですか…

어쩜 좋아, 간신히 물에 떠서
허우적거리는 느낌이야.

* 처음 뵙겠습니다.
잘 부탁드립니다.

언제까지 가라앉지 않고
이렇게 떠 있을 수 있을까?

일본(어)의 바다

26

나오 짱, 나오 짱은 일본 음식 좋아해?

장난해? 나는 일본 음식 없이는 못 살아.

그러면 이것도 입에 맞을 거야.

혜정이가 여기 처음 왔을 때, 글쎄 자기를 '미소'라고 불러 달라고 했었어.

제2장
집으로 가는 길

잠깐… 여기가 어디더라…?

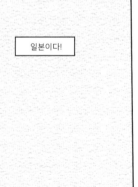

일본이다!

내가 일본에 왔지!

앗!

죄송해요!
들어가세요!

저는
나오라고
함…

니다.

よろしくお願いします
저도 만나서 반갑습니다.

ゴミの分別とか
他の子に教えて
もらったか?

?

아까 전에 그 무례했던 애랑은
완전 반대네….

燃えるゴミは週に二回、
月木で、燃えないゴミは
火金にだしてね

ゴミを捨てる
時ちゃんと
分別してね!

前にも他の国
の子が何も知らないで
全部一緒に捨てちゃった
から持って行って
貰えなかった時
があったから

아뿔싸!

한 마디도
못 알아듣겠어!

日本語上手だね!来たばかり
う?日本に来たこと
あ   いうか、ハ
新   から、
        金髪の   人
。   メリカ
       人が   もんね!
       メリカ
番   の
行っ   どこかな。。
       てに絶対

おはよう…
좋은 아침….

티나!!!
날 좀 구해 줘!

38

いただきます!
잘 먹겠습니다!

신 상에 대해 어떻게 생각해? 정말 친절하지?

어? 응, 맞아!

그런데, 실은 뭐라고 하는지 하나도 이해를 못했어.

아, 맞아. 말을 조금 빨리 하는 경향이 있어. 처음에는 알아듣기가 좀 힘들 거야.

오물

오물

그 갈색 곱슬머리 남자애는 누구야?

아, 마사키? 그 잘생긴 애 말하는 거지?

그걸 잘생겼다고 할 수 있나?

어, 아마도? 아무튼 조금 전에 나한테 엄청 무례하게 굴었어.

아, 마사키가 확실하구나.

長谷田日本語学院
하세다 일본어 학원

너무 긴장돼!

왜? 너 일본인이잖아?

그게… 사실 반만…

넌 잘할 거야!

가자 가자

じゃ、後ろに回してください

자, 이걸 뒤쪽으로 @#$%^.

9:00-10:00

자, 그러면

D단계 문제지부터 시작하겠습니다. 이게 너무 쉬우면 C단계를 푸세요.

잘 몰라도 괜찮습니다. 이건 단지 학급 수준을 결정하기 위한 절차니까요.

じゃ、頑張ってください
그러면, 최선을
다하세요.

적어도 C반에는 들어갈 수 있으면 좋겠는데.

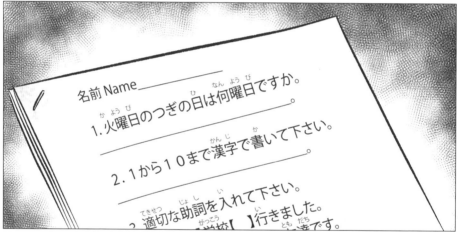

名前 Name＿＿＿＿＿＿＿＿＿＿

1. 火曜日のつぎの日は何曜日ですか。
＿＿＿＿＿＿＿＿＿＿＿＿＿。

2. 1から10まで漢字で書いて下さい。
＿＿＿＿＿＿＿＿＿＿＿＿＿。

3. 適切な助詞を入れて下さい。
学校【 】行きました。
友達です。

자—
페이지 맨 위에 적힌
알파벳이 여러분이 속한
단계 및 학급 번호입니다.

11시까지
모두 새 교실을
찾아가세요.

다른 애들은
서로 이미
아는 사이인 것 같네….

おはよう
ございます!
안녕하세요,
여러분!

Dクラスへ
ようこそ!
D반에 온 것을
환영해요!

私の名前は
山田花子です。
제 이름은
야마다 하나코라고
해요.

月曜日と水曜日と
金曜日を担当しています
저는 월요일,
수요일, 그리고 금요일
@#$%#@$%

44

先学期では自己紹介や
曜日の名前、数の数え方を勉強しました
지난 @#$%,
우리는 @#%#$#@$하고
@@#$#$를 공부했지요.

同じ顔が沢山見えますけど、
新しい頭も見えますね
익숙한 얼굴들도 있고 몇몇 새로운
얼굴들도 보이네요.

今学期からは文法や
助詞の使い方などを
勉強します
이번 @#$ 우리는 !#$%%를
배워 보려고 해요.

じゃ、今日はとりあえず
自己紹介から始めましょう
좋아요. 오늘은 %@^% !@%부터
시작하도록 하겠습니다.

じゃ、休憩しましょう！
12時までに帰ってきて
ください

자, @#$할까요?
12시까지 돌아오면
됩니다.

지금 다들
뭐하는 거지

나오~

어, 안녕!
너는 여름 학기에
수업 안 듣는 줄
알았는데!

응, 맞아. 그런데
이 근처에 뭐 살 게
있어서 왔다가. 아니, 실은
이거 너 주려고!

JUIC
학원
첫날
축하해!

果実 ミネラル

오늘따라 집에 가는 길이…

왜 이리 멀게만 느껴지는 걸까?

훌쩍
hic

なおちゃん~
ここにいたの?
나오 짱~
줄곧 여기에
있었던 거니?

ママ…
엄마….

ほ~ら! 泣かない泣かない
자~ 뚝! 울지 마요,
울지 마!

착하지, 착하지~
이제는
다 괜찮아.

우리, 집에
갈까?

응.

저기, 나오가요~
나오가 길을
잃었어요.

그래,
그렇구나

그때만 해도 엄마랑 나 사이에 그토록 막힘없이 꽐꽐 흐르던 말들이…

今日の晩ご飯
はなあに？

カレー
だよ

언제 이토록 바짝 말라붙었을까?

너
이제 괜찮아?
하고 싶은 말
있으면
들어 줄게.

아니야…

그래, 알았어…
어서 마셔.
우느라고 몸에서 수분이
다 빠져나갔을 거야.

끙.

으윽…
너무 창피해.

제3장

아와오도리

내가 왜
이러지?

What's wrong with me?

너 같은 미친 여자를
좋아할 리 없는데…
나도 미쳤나 봐.

There's no way I could like a crazy woman like you. I must be crazy too.

그래,
난 미쳤어.

남자한테 저딴 말을
듣고 좋아할 여자가
세상에 어디 있어?

이 나쁜…

Yeah, I must be crazy.

Stay by my side. Look only at me.

Hyemi-yah...

똑똑

は～い
들어오세요~

君たち暗いとこで
何してんの?
너희들 이 캄캄한 데서
뭐 하는 거니?

ドラマ見てる!
드라마 보고
있어요!

あのさ…
저기,
그게…

今日お祭りあるけど
皆で行かない?
오늘 축제가 열린다는데
모두 같이 가지 않을래?

축제…?

이게 만약 순정 만화였다면 우리 모두 유카타를 입고 가겠지?

혜 짱이 유카타를 입으면 정말 예쁠 것 같아!

그런데 어디선가 한 멋진 남자애가 다가오는 거야. 그리고 일행으로부터 단둘이 떨어져 나가는 거지.

어?? 모두 어디 갔지??

훈남 A

맞어, 맞어

훈남 A

○○ 씨...

그렇게 둘이서 불꽃놀이를 보다가 사랑을 고백하는 거야.

아..

아..

퍽도 그렇겠다. 그보다는, 서로 아무 말도 안 하고 빤히 처다만 보다가 집에 가겠지.

맞아. 순정 민화에 나오는 커플들이 맺어지려면 정말 최소한 100화는 지나야 돼.

그렇네.

君たちが何言ってるか 分かんないけど とりあえず参加するだな

너희들이 지금 무슨 말을 하는지 전혀 알 수가 없다만, 일단 모두 같이 가는 걸로 알고 있을게.

막상 가 보니…

불꽃놀이도 열리지 않고,
유카타를 입은 사람도 없었다.

대신 우리는 이것저것 배가 터지게 먹었다.

그것도 전혀 나쁘지 않았다. 아니 오히려, 남자애들이나 불꽃놀이보다 더 좋았다.

앗. 아와오도리*
시작하려는 것 같아.
우리 자리를 잡고 앉자.

＊매년 8월 중순에 열리는
군무 중심의 민속 무용 축제.

내가 전부터 죽 일본에 살았더라면
나는 지금쯤 얼마나 다른 사람일까.

이 모든 행사에 직접 참여했더라면…

단지 일개 구경꾼이 아니라.

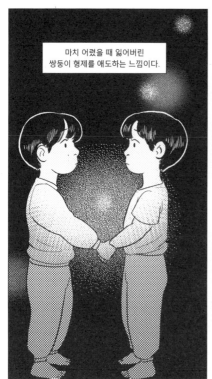

마치 어렸을 때 잃어버린
쌍둥이 형제를 애도하는 느낌이다.

어른으로 자라날 기회를 갖지 못한 내 쌍둥이 형제…

제4장
너 레이디 가가 좋아해?

어머나!

나오 짱 아니니? 그리고…
마사시 군… 이던가?

마사키입니다.

너 여기서 산 지
벌써 1년이나
되지 않았어?
어떻게 아직
할머니께서
네 이름도
모르셔?

아침부터
어디들 가니?

아.

그게요.

그러니까…

우, 우체국이요!
저한테 우체국 가는
길을 알려 주기로
해서요.

내가 이렇게
쩔쩔매는데
그냥 보고만 있기니?
진짜로?

어쩌다 이런 상황이
되었냐고?

전날 밤…

しんさん、
明日郵便局に
行きたいけど
一緒に来てくれますか
신 상, 저 내일
우체국에 가야 하는데,
혹시 같이 가 주실 수
있어요?

郵便局?
うん、いいよ
우체국? 그래,
그러지 뭐.

あっっ
ダメだな。
明日ちょっと予定あんだ
아, 맞다.
안 되겠다.
내일 다른
볼일이 있어.

まさ!
明日暇だろ?
마사! 너 내일
할 일 없지?

뭐?

안 돼!

71

내가 일본에 온 지도 벌써 1년이다.

나는 네 남매 중 장녀이자,
우리 집 최초의 유학생이다.

가지 마~

처음 왔을 때 나는 일본어를 한 마디도 못해서
같은 반 친구들에게 많은 걸 의지했다.

가지 마~

원래 처음엔 영어 가르치는 일을 구할 수 있으리라 생각했다.
그런데 영미권 국가 출신이 아니라는 이유로
매번 퇴짜를 맞았다.

그러다 언젠가 같은 반 방글라데시 친구가
그 도시락 가게를 소개시켜 주었는데, 편의점 같은 곳에
납품하는 도시락을 조합하는 일이었다.

일 자체도 어렵지 않았고 일본어를
못해도 되어서, 그건 좋았는데…

다만 근무 시간이 긴 데다
멀리까지 통근을 해야 했다.

그러다 보니 숙제할 시간도, 공부할 시간도 모자랄 때가 태반이었다.

긴긴 작업을 끝내고 집에 오면
늦잠을 자다가 결석하는 일도 잦았다.

앗!!

그래서 결국 윗반으로도 올라가지
못하고 재수강을 해야 했다.

앗!!

こんにちは…
안녕하세요…

あ、ティナちゃん おはよう！
아, 티나 짱. 오하요우*!

*보통 아침 인사. 직장에서는 시간에 관계없이 출근하면 하는 인사다.

明日から後ろから入ってきてね?
내일부터는 뒷문을 통해서 들어오렴, 알겠지?

ついてきて
이리 따라와.

おはよう?
오하요우? 지금 오후 4시인데….

はい、エプロンと三角巾
자 여기, 네 앞치마하고 삼각건 받으렴.

最初はカウンターと椅子を拭く事
우리가 가장 먼저 할 일은 카운터랑 의자를 @#$%.

それからテーブルもね
그 다음엔 탁자도 하고.

今日私拭くからティナちゃん掃除機かけてね
오늘은 내가 '후쿠'할 테니까, 티나 짱이 '소-지키'를 '카케떼'하면 돼.

終わったらキッチンの準備しよう
여기 일을 끝내면 같이 부엌 준비를 시작하자.

掃除機はこっちね
소-지키는 여기에 있어.

75

차가운 도시를 홀로 가로질러 걸어가네

무겁고 지친 발걸음을 이끌고

몹시 지쳤을 네게 나는 무엇을 줄 수 있을까?

내가 가진 건

이 두 손이 전부인데.

제5장
아빠

아직도 담배
안 끊었어???

어, 혜정아!

아빠가 요즘, 스트레스가 많아 가지고….

아무리 그래도… 건강에 안 좋잖아. 선생님이 말씀 하셨잖아….

어, 그래, 그래.

?

아… 아빠가 언제 이렇게 나이가 드셨지?

오늘따라 유난히 기운이 없어 보이신다.

아빠 너무 일만 하는 것 같아.

갑자기 왜 그래?

무리 하지 마.

당장이라도 스르르 사라져 버릴 것 처럼.

그니까,
내가 알바하면
되잖아.

여보~ 허리 다시
이상해지면 어떡해?
이번 달 내가 잔업 좀 더
하면 어떻게든 되겠지.

아이고~
무슨 영어 과외가
이렇게 비싸?

88

그 당시만 해도…

난 내가 일본에 오게 될 거라고는 꿈도 꾸지 않았다.

아니, 그보다 어떤 꿈도 꿀 형편이 아니었다.

하루하루 내 머릿속을 가득 메웠던 단 한 가지는…

오직 공부였다.

아침부터…

밤늦게까지.

공부 열심히 해서 좋은 대학 들어가기.

공부 열심히 해서 좋은 직업 구하기.

수험생 여러분의 합격을 기원합니다

공부 열심히 해서 엄마 아빠 기 살려 주기.

공부 열심히 해서 우리 가족을
이끌어 올리기.

높이, 더 높이!

그동안의 노력이···

수포가 되지 않게.

그렇다면
너는 어떤 종류의
일을 하고 싶니?

어떤 일을 하고 싶으냐고…?

내 질문을 이해 못했니?

아니요, 이해했어요. 그런데… 답을 모르겠어요.

영어문법 IV
English Grammar

그래, 평소에 너는 뭘 할 때가 좋은데? 관심사가 뭐야?

…

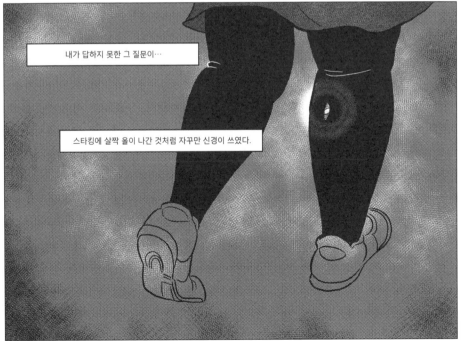

내가 답하지 못한 그 질문이…

스타킹에 살짝 올이 나간 것처럼 자꾸만 신경이 쓰였다.

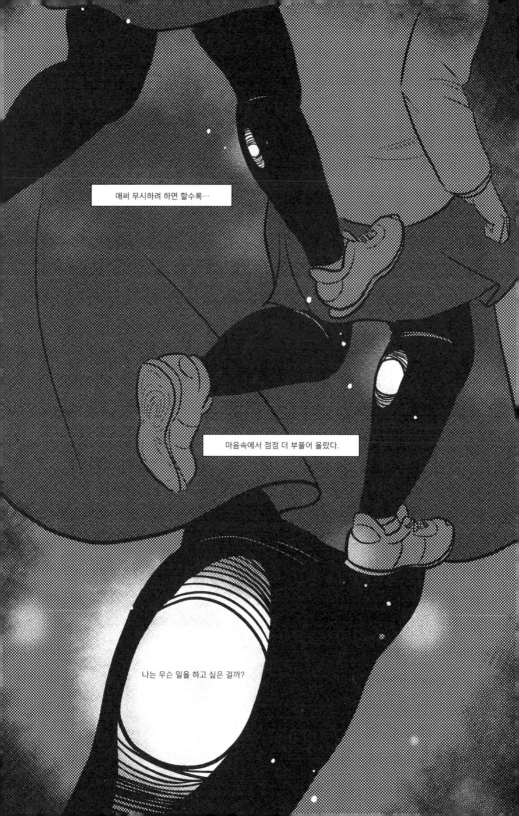

애써 무시하려 하면 할수록…

마음속에서 점점 더 부풀어 올랐다.

나는 무슨 일을 하고 싶은 걸까?

전에는 같은 반 친구들이 투덜대면, 고마운 줄 모르고 게으름을 피운다고 치부해 버렸는데…

공부를 왜 이렇게
많이 해야 돼?
나중에 쓸 일이 있긴 해?

진짜 부질없지
않냐? 공부하다
죽겠다.

어느새 점점 그 애들의 말에
동조하고 있는 내 자신을 발견하게 되었다.

마침내 대학교에 들어가자, 가득 차 있던 자루에
송곳으로 구멍이 뚫린 것처럼,

억지로 쑤셔 넣었던 교과서 내용들이 머릿속에서
조금씩 빠져나가기 시작했다.

날마다 새로운 것을 접하면서, 한때 벽으로 꽉 막혔던 자리에 새로운 지평선이 펼쳐졌다.

언니, 저 사람
누구에요?

어, 빨간 스웨터?
며칠 전에
유학 갔다 온 애야.
최정희라고.

어디 갔다
왔는데요?

음, 일본이었나?
잘 기억 안 나.

그 무엇보다, 늘 내 머릿속에서 맴돌았던 질문은…

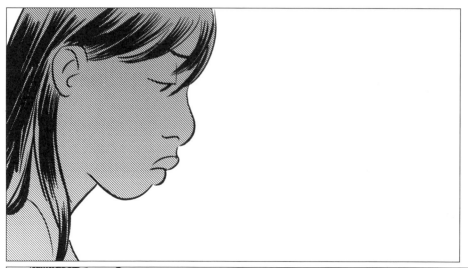

그 대화를 기억 속에서 지울 수만 있다면 얼마나 좋을까. 내가 말을 꺼내기 전 우리 부모님의

그저 즐겁고, 아무 영문도 모르고, 아주 편안하던 표정이

완전히 당황하고, 너무도 상처받은 표정으로 변했다.

아니, 갑자기
일본은 왜? 연세대에
일본어학과 있잖아.
거기 들어가면 어때?

나는 대답할 수 없었다.

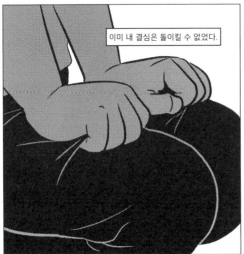

이미 내 결심은 돌이킬 수 없었다.

다시는 예전과 같은 시선으로
세상을 바라볼 수 없었다.

사실 그때 부모님의 반응은 약과였다.

그분들이 결국 나를 설득시키지 못했을 때,
그 표정에 비하면.

그 뒤로 몇 주 동안은 지옥이 따로 없었다.

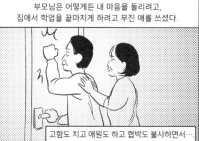

부모님은 어떻게든 내 마음을 돌리려고,
집에서 학업을 끝마치게 하려고 무진 애를 쓰셨다.

고함도 치고 애원도 하고 협박도 불사하면서…

엄마는 내가 집에 들어갈 때마다 울음을 터뜨리셨다.

아빠는 내게 말문을 완전히 닫아 버리셨다.

그러다 보니 결국은, 떠나는 게 어렵지 않게 되었다.

더 이상 집은 내가
있을 곳이 아니었다.

떠나오던 길에 두 어깨가 어찌나 가볍게 느껴지던지.

누구에게도, 무엇에도, 얽매이지 않게 되었다.

高さん?
고 상?

はい?
네?

엄마는 내가 만든 송편이 엄마 것보다 더 맛있다고 말해 주었다.

뭐지? 혜정이 꺼 왜 이렇게 맛있지?

진짜?

아빠! 나 송편 만들었어!

어... 잘했네!

아빠는 송편을 좋아하지도 않으시면서 내가 만든 건 일부러 많이 드셨다.

緑とピンクと色んな色があって... 形も違う
초록이나 분홍색 같이 여러 색깔로 만들 수 있고요, 모양도 갖가지예요.

맛있네! 와, 우리 혜정이 송편 만드는 천재인가 봐. 가게 열어도 되겠네!

そして、家族で集めて、みんなでご先祖様のために
食べ物を作ります

또, 가족, 친지들이
한데 모여서 조상님께 올릴
음식을 만들어요.

나는 하루 종일 저녁이 오기만을 기다리곤 했다.

음식 장만을 도우러 온 숙모들과
사촌들 사이를 누비고

이번엔 제사상에서 얼마나 몰래
집어 먹을 수 있을지 눈치를 살피며.

야!

내가 먹지
말랬지!!!

지금쯤 엄마가 요리를 시작했을까?

올해는 쓸쓸하게 혼자
송편을 만드셔야 할까?

지금쯤이면 다 같이 모여 음식 장만을 시작했을 시간이다.

제사상에 올릴 음식을 하나둘 준비하며….

111

우리 다 같이
한국 음식 먹으러
가지 않을래?

오!

좋지!

이 가게는 일본인이 하는 가게다.

김치에 매운맛이 하나도 없다.

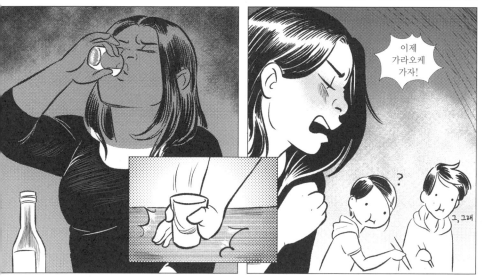

재 괜찮은
걸까?

모르겠어….
오늘 아까부터
계속 이상해.

이제 와서 슬퍼해 봐야 무슨 소용이 있다고.

전부 다 내가 자초한 일인데.

이거
내 노래야.

라
라
라
라

자유와 맞바꾸겠다고
내 뿌리를 스스로 끊어 냈는데.

내가 무슨 자격으로 이제와 부모님을 그리워하는 걸까?

이 두 손으로 부모님의 꿈을 산산조각 내어 버렸는걸.

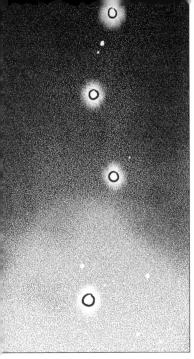

おはよう!
안녕!

お! 先輩, おはよう
아! 선배님, 안녕하세요!
ございます!

おはよう~
안녕하세요~

先輩なんか
付けなくていいよ。
みきって呼んで!
선배님이라고 부르지
않아도 돼. 그냥
미키라고 불러.

あ、は…い
아, 네… 그….

初日はどうだった?
오늘
첫날이었는데
어땠니?

잠깐, 선배님이라고 부르지 말라고 했으니까
존댓말하지 말고 말을
놓아야 하나? 그러면
이 문장은 어떻게 끝을

よかったで
좋았어요….

맺어야
하지??

'요'로
끝내야 하나,
아니면 그냥 '어'로
끝내야 하나?
그랬다가 나를
버릇없…

そう? じゃあ着替えてくるね!
아, 그래?
그럼 나는 가서 옷
갈아입고 올게!

??
너 괜찮아?

좋았어요???
나 뭐라는 거니

121

また明日ね!
내일 봬요~

お疲れ様です!
잘 부탁드려요~

아~ 흉측한 유니폼을 벗어 버리니까 너무 좋다.

이제 다시 아름다워질 수 있어.

뭐라고? 무슨 말이야. 너는 뭘 입어도 다 예뻐.

아참, 신 상이 다 같이 카이텐즈시* 먹으러 가자고 하던데. 같이 갈래?
*회전초밥

스시? 일본에 와서 아직 한 번도 먹으러 가 본 적 없는데.

뭐라고??? 일본 국민 음식이라고 할 수 있는 스시를!?

별로 안 좋아해서….

요즘에는 버스를 타는 일이 참 즐겁다.

한때는 얼굴 없는 이방인 같았던 가게 간판이나 안내판들이…

이제는 새로 사귄 친구들처럼 나를 반겨 준다.

새 단어를 하나하나 배울 때마다 날 둘러쌌던 안개도 조금씩 걷히는 느낌이다.

もんじゃ焼き
行こうよ
몬자야끼 먹으러
가자!

もんじゃ焼き
いいな!
몬자야끼 좋지!

いらっしゃいませー
何名様でしょうか
어서 오세요~
몇 분이십니까?

五人です!三人は来てる
と思うんですけど
다섯 명이요!
세 명은 이미
와 있을 거예요.

있지,
나 얼른
화장실 좀
다녀올게.

아,
알았어!

우리 여기 있어!

おお、
なおちゃん来た来た!
아,
나오 짱이 왔다!

내 사랑
나오

다들
어디 있나

나오 짱!

125

침 울

아니!
빈자리가
여기밖에
없다니!

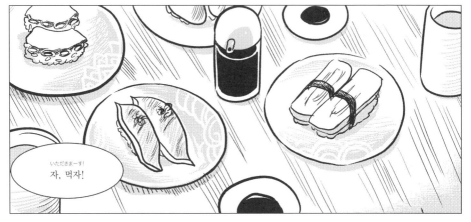
いただきまーす!
자, 먹자!

…

오물 오물

오물

!!

이거 너무 맛있잖아….

예전에 한국에서 먹었을 때는… 그땐 진짜 맛이 없었는데….

에~ 한국에도 스시가 있어?

한국말로는 스시를 뭐라고 해?

초밥.

초바프?

아니, 초밥.

내가 말한 게 그거잖아….

그게 실은

미국에서 먹는 스시도 완전히 달라.

위에 마요네즈를 얹는다든지…

야채튀김처럼 튀긴다든지…

김밥 안에 생선살을 많이 넣어서 특대 크기로 만든다든지…

섹시카우보이!!!

푸딩

불꽃놀이!

얼굴이 왜 이렇게 화끈거리지?

127

저 애가 속으로 나를 재단하고 있는 건 아닐까?

まー 美味しいけど
그런데… 그것도 나름대로는 맛있어요.

え〜 食ってみたいな!
에〜 나도 한번 먹어 보고 싶다!

다른 사람이 말할 땐 최소한 듣는 척이라도 해 주는 게 예의 아냐?

アメリカの寿司か…
미국식 스시라, 음…

우리미국에 오것을 환영해요우!

마요네즈 덴푸라 김밥

どんな味するのかな
그거 무슨 맛일지 궁금하네.

ずっと日本語で 喋ったらいいのに
다들 일본어로 대화를 하면 참 좋을 텐데….

오물

오물

전혀 신경 안 씀 →

이런 상태로는 내가 따라갈 수가 없다고!!!

Oh my god, English! English English, English Engliiissh—

EnglishEnglish! But when English English, then EnglishEnglishEnglish! haha ha

I think that English English when the English English English, is totally American

ティナちゃん、
日子食べたことある?
티나 짱,
혹시 이 시라코
먹어 본 적 있어?

え? 何これ、見たことない
어?
그게 뭔데요?
처음 보는데.

생긴게꼭
뇌같군…

美味しいよ、
食べてみな
맛있어, 한번
먹어 봐!

美味しいでしょ?
맛있지,
그치?

으…

何の魚なの?
이건
어떤 종류의
생선이에요?

英語調べてみる
영어로 뭔지
한번 찾아
봐야겠다.

あったあった!英語で
찾았다!
'대구의 정자' 라는
뜻이래.

대체 뭘 보고 내가
생선 정자를
좋아할 거라고
생각한 거에요!

나 화장실
좀 다녀올게.

行かないで
가지마

히잇!!!

なあんだ。
ビックリしたじゃないか。
俺に何か用？

왜 그러는 거야?
깜짝 놀랐잖아. 나한테
뭐 볼일 있어?

いや…いつも早口で英語ばっかり使って…
俺ついていけねえから、
バカにされてる感じして…

그게, 그러니까… 쟤들은
맨날 영어로만 대화하잖아…
그런데 내가 못 따라가면,
분명히 속으로 날 바보 같다고
놀릴 거 아냐….

후후후

히히히

別にバカに
してるわけじゃないだろ…
아무도
너를 비웃지
않아….

いい加減に
しろよな。
적당히 좀 해.

シェアハウスに
入れてくれって
あんなに騒いでたくせに
나보고
셰어하우스 살자고
그렇게 보챈 건
바로 너잖아.

もう少し
協力的になれって
그러지 말고,
노력을 좀
해 봐.

제8장
하라주쿠

너희들 준비 다 됐니?

쿨── 쿨── 크── 코──

한 시간을 그렇게 보낸 후에야 우리는 마침내 집 밖으로 나올 수 있었다.

졸려

으~

너무… 눈부셔…

있지, 실은 오늘 아침에 이상한 일이 있었어.

뭐야, 뭔데?

마사키가 불쑥 내 방으로 찾아와서 영어를 가르쳐 줄 수 있냐고 물었어.

뭐라고오오오??

그 말밖에 없었어? 그것뿐이야?

응, 내가 너무 깜짝 놀라서 멍해 있다가 생각 없이 알겠다고 했더니, 그 즉시 쌩하고 가 버리던걸. 너희도 알잖아, 평소 그 애 스타일.

OK

다다다

보통 사람처럼 그냥 학원에 다니면 될 일을 왜 너한테?

평소에는 너한테 말도 잘 안 걸잖아.

누가 알아. 어쩌면? 마사키가 나오를 몰래 좋아하고 있는지도 몰라.

띠용

테나의 연애레이다

띠용

꿈 깨, 이건 순정 만화가 아니라고. 누군가 나한테 인정머리 없이 굴면, 그건 그 사람이 나를 안 좋아한다는 뜻이야.

내 말은, 걔가 우리랑 말을 안 하는 게 어쩌면 영어를 못해서 그러는 것일 수도 있잖아. 그런 거라면 걔한테 사실 좀 미안해지는 걸.

그렇지만 신 상은 영어를 못해도 늘 우리랑 어울리는 걸.

게다가 마사키는 전공이 영어란 말이야.

그건 그래…. 하지만 신 상도 특이한 스타일이야. 신경을 전혀 안 쓰니까.

뭐라고?

쟈— 난데 어째서 마사키는 우리한테 영어를 안 쓰는 거야?

나오야, 무슨 말이니?

그러게….

間もなく, 西荻窪, 西荻窪駅に到着いたします
다음 정류장은 니시오기쿠보 역입니다. 우리 열차는 곧 니시오기쿠보 역에 도착합니다

니시오기쿠보라고? 큰일이다! 우리 반대 방향으로 가고 있었어.

뭐, 뭐라고??? 어떻게 우리 중에 한 명도 알아채지 못한 거야?

기왕 길을 잃을 거라면 친구들과 함께일 때가 좋다.

혼자서 바보가 된 느낌보다는 함께 나누는 편이 훨씬 더 나으니까.

그래서 너 정말 마사키한테 영어 가르쳐 주기로 한 거야?

그게, 그래야 하지 않을까? 이미 그러겠다고 대답했는걸.

나중이라도 마음을 바꿀 권리가 있다는 거, 너도 알지?

하지만 이미 알겠다고 했는걸….

아이고, 우리 나오 짱 너무 착한 거 아니니. 이 '언니들'이랑은 역시 달라.

나오 짱, 이 '언니들' 말을 들어. 마냥 착한 것도 좋은 게 아냐.

부비 부비

캬

아시아인들은 착하다고 그러던데…

우리가 왜 모국을 떠났겠어? 그게, 우리는 착한 아시아인이 아니라서 그래. 그래서 쫓겨났다고나 할까?

잠깐 그거 아냐

그래서 그중에서도 가장 '아시아'스러운 국가를 찾아왔다고!

↖ ???

이거 괜찮으려나?

난 착한 아시아인이라고!

그래, 아무렴.

149

아.

나는- 어,
나도-
좋은 하루
보냈어.

친구들하고
서점에 갔었어.

何赤く
なってんだよ俺?
내 얼굴이
왜 이렇게
빨개지는
거지?

거기서 이 책을
샀어(buyed),
아니, 그게 아니다,
샀어(bought).

뻣뻣

문화 상식 도서의
아시아

21세기에
케이팝이나 애니메이션 같은
소프트파워가 하는 역할

나오유키 쿠로다 교수 저

10년 전만 해도 원더보이나 3PM 같은 케이팝은 대개 한국인 교포 2세 및 외국 생활을 하는 아시아인들로 이루어진 소수 그룹의 팬들에게만 호응을 얻었다. JYT의 CEO인 탁진영은 세계적 인기를 얻겠다는 포부를 안고 원대한 계획을 세웠지만, 그때만 해도 그저 몽상에 불과했다. 주요 곡들을 모두 영어로 발표하는 등 세계 팬들의 구미에 ~~~~ 음악을 만들려고 온갖 노력을 기울였지만 말이다. ~~~~ 세계 ~~~~ 더욱 널리 알려져 있는 폭탄소년단은 세계에서 가장 큰 영화 ~~~~ 들을 보기 위해 몰려드는 수많은 팬들을 수용할 수 없을 ~~~~ 은 ~~~~ 곡만을 공연한다. 그런 사례가 <Your Hands>나 <~~~~ Girl> 같은 곡이다. 그렇지만 여러 서양 국가에서 한류(한국 대중문화 ~~~~ 기를 끄는 현상을

제9장
다녀왔습니다

내가 처음 일본에 왔을 때는
할 수 있는 요리가 하나도 없었다.

매일 인스턴트 라면만을 먹고 살았다.

그러다 보니 당연히 금세 배탈을 안고 살게 되었다.

하루 종일 음식다운 음식을 전혀 먹지 않은 날도 있었다.

이런 세상에.

나 너무…

추하네.

계속 이렇게 살 수는 없어! 반드시 예뻐져야 해!

쉬이이익

나는 요리하는 법을 배우기로 결심했다.

여기쯤에 분명 가게가 하나 있어야 하는데…?

아무 맛도 안 나잖아….

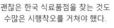

괜찮은 한국 식료품점을 찾는 것도 수많은 시행착오를 거쳐야 했다.

먹을 만한 김치를 찾는 일은 그보다 훨씬 더 힘들었다.

그러다 발견한 마음에 든 가게는 하필 아주 멀리 있었고, 나는 한 달에 한 번씩 원정을 나가 재료를 최대한 많이 쟁여 놓았다.

사실 요리 자체는 별로 어렵지 않았다.

조리법만 잘 따라 하면 되니까.

그러나 한 가지 깨달은 게 있다면,
요리에서 가장 어려운 것은…

실력을 아무리 열심히 갈고닦아도…

결코 엄마의 손맛을 낼 수 없다는 사실이었다.

159

덜컹
덜컹

일곰

대나무 숲

카즈짱네 집

역

100 m

이걸 보고…
과연 잘 찾아갈 수
있을까…?

여기!

여기는
왠지 기억이
나는 것 같다.

이 집 기억나니?

물론 기억나지.

유우타! 케이타!
어서 와서
인사하렴.

우리 처음 만나는
거지? 나는
나오라고 해.

미오 누나, 이 사람
'외국인'이야?

실향민적
정체성
위기

무슨 말 하는 거야?
너희 사촌 누나잖아.
이 미오 누나랑
마찬가지로 나오도
너희 사촌 누나야.

그러면
미오 누나의
언니인 거야?

꿈에서 현실이 아니라, 마치 현실에서 과거의 꿈으로 들어온 느낌이다.

じゃーん!
アルバム
짜ー잔!
우리 앨범이야.

うわぁ!
懐かしい!
우와!
옛날
생각나요!

なおちゃん!
良いもの
見つけたよ
나오 짱!
내가 좋은 걸
발견했단다.

あれ? このしゃしん
ここで撮った?
어? 이 사진, 여기서
찍은 거였네요?

そうだね。あの頃
なおちゃんは叔母さんが
大好きだったんだね。
いつもくっついてて、いなくなったら泣いちゃって…
응, 맞아. 옛날에
나오 짱이 이모를 엄청
좋아하고 따랐거든. 늘 이모만
졸졸 쫓아다니다가
잠시라도 눈앞에 안 보이면
울음을 왕 터뜨렸지….

全然おぼえてない、それ
ええ、そう?
어머, 정말요?
그런 건 하나도
기억이
안 나요.

あ! みおちゃんだ。
と…あれ? 名前忘れちゃった
아! 이건 미오 짱이네.
그리고… 저… 애?
누군지 이름을
까먹었어요.

隣のああちゃん
じゃないの?
横浜に引っ越した子
아아 짱 아니니?
옆집에 살던?
요코하마로
이사 간 아이.

そう、
だっけ…
그랬…
나요….

이불이 엄청 묵직하다. 마치 누군가의 품에 폭 안겨 있는 것 같다.

169

제10장
타치바나 테츠야

그러니까 잘 진행되고 있다는 거네, 그럼?

응, 실은 진짜 나도 놀랐어. 생각보다 마사키가 영어를 훨씬 더 잘 하더라고.

이 나쁜 놈… 그러니까 지금까지 우리한테 무례하게 군 게 영어를 못해서가 아니었다는 거잖아. 그냥 원래부터 무례한 놈이었던 거야.

역시 그런 거였어.

아하하하… 내가 보기엔 무례하다기보다는 그냥 수줍음을 많이 타는 것 같아.

에이….

그러니까 내 말은, 만약 히마와리 사는 사람들이 전부 일본어만 썼다면 나도 똑같이 행동했을지 몰라.

아, 테 짱이다.

전에 내가 친척집에 갔다가 금세 지쳐서 나가 떨어졌던 것처럼.

그러니까 뭐라 하면 좋을까? 마치, 내 몸체가 로봇인데 내가 작동을 잘 못해서 제어가 안 되는 것 같달까….

아 그래, 그래

대화가 그렇게 기운 빠지는 일인 줄 꿈에도 몰랐… 엇, 그게 누구야?

찰칵

175

테 짱
누군지 몰라?

테 짱?

타치바나 테츠야,
가수 있잖아.

너 이 사람 팬이야?
네가 '사모하는'
사람이구나!

꾹꾹

맞아!
나 완전
사모해.

하 하 하

그래 아무튼,
좀 전에 무슨
얘기했더라?

아,
그거다,
그러니까…

이렇게 말하니 너무도 하찮고 공허하게 들린다.

일부러라도 꾸며내어 호들갑을 떨어야 한다.

안 그러면 내 속이 너무도 빤히
들여다보여 견딜 수가 없을 테니까.

176

주위 사람들과 어차피 진심으로 이어질 수 없다면 애초에 시도해서 뭐 해?

この曲全部、一人で書いてたんです。
音楽作る時はいつも一人でやってます。
なんか、コラボレーションできる人って凄く羨ましいけど、僕にはできないんですよ。
意識しすぎて集中できなくなっちゃって

저는 이 곡들을 전부 혼자서 썼습니다.
저는 언제나 곡을 혼자 써요. 그래서 다른 사람들과
합작이 가능한 사람들을 보면 너무도 부러워요.
저한테는 그게 절대 안 되거든요.
전 다른 사람이 곁에 있으면 자꾸만
의식하게 되어서 집중을 못해요.

나는 왜 당신 삶에 속하는 누군가로 태어나지 못했을까?

僕には一人が向いてるんですが、
やっぱり寂しく感じる事もあります。曲を
作る時は、最初に孤独感から始まるんです。
この気持ちを感じてるのって、この世界に僕だけじゃないかって

저는 오직 혼자 있을 때만 곡을 쓸 수 있어요.
그렇지만 사실 그건 정말 외로운 일이랍니다.
제 음악은 항상 외로움이라는 감정으로부터
태어났어요. 세상에서 오직 나 혼자만
이런 감정을 느끼는 것 같다는,
그런 기분이요.

비록 당신이 어떻게 다투고, 어떻게 키스하는지는 모르지만…

そこから曲作りが始まって、一つ一つの曲を磨いて、磨いて…
ずっとその流れで、一人なんですけど。
曲を聴いてくれた方の中で、たった一人でも「あぁ、世界に自分以外にも同じような気持ちの人がいるんだなぁ」
って思ってくれる方がいてくれたらとっても嬉しいです

그런 감정 속에서 곡이 태어나면 저는 그 상태로 조금씩
전반적으로 다듬어 나가는데, 그동안에도 죽 홀로 작업을 합니다.
만약 이 세상 단 한 사람이라도 누군가가 제 음악을 듣고
'아, 나와 같은 감정을 느끼는 사람이 나 말고도 또 있구나.' 하고
느낄 수 있다면 너무 좋을 것 같습니다.

그럼에도 당신이 하는 말들은 내게 너무도 소중한걸.

그 말들이 나를 바꾸었으니까.

まぁ、その、今度のアルバムには、
そういう思いを込めて作りたかったというか…
その思いが伝わると嬉しいなって…

글쎄요, 아무튼 이런 마음을 담아 만든
앨범이니까… 듣는 이들에게도
그런 제 마음이 전해질 수 있다면
너무 기쁠 거예요….

나를 감동시켰으니까.

내가 당신을 보는 것처럼 당신도 나를 봐 주길 바라.

나도 당신에게 화답하고 싶어.

이기적이지만.

네!

何してるの？
梅ルームお願いね
뭐 하고 있니?
우메 방에 가서
주문 좀 도와드려.

はーい！
알겠어요!

鰹のたたき
下さい
가츠오노타타키
하나요.

鰹...たたき
ですか？うううん
가츠오노...
타타키...
라고요?
음….

どうしたの？
왜 그러는데?

それは
メニューです
그건 메뉴에
없는 것 같은데요.

この前やって
くれたよ！
지난번에는
있었어!

持ってきてよ。
リュウさんに山本から
のお願いって言ってさ
우선 주문을 받아다
류-상한테 가서
야마모토가 특별히
부탁하는 거라고
해 줘.

으윽,
이랬다가 분명
히 또 한 소리
들을 텐데.

이게 뭐야?
안 한다고
했잖아!

は...い！
알았어요….

え？
通じてる？
엉? 말귀를
알아듣긴 한
건가？

鰹のたたきは
なんだか分かる？
分からないでしょ。
가츠오노타타키가 뭔지
알기는 해？ 모르는 거
같은데, 아니야？

내가 버젓이 눈앞에 있는데 내 얘기를
어찌 그렇게 함부로 할 수 있지？

はい？
뭐라고요？

この子はね、
可愛いけど頭がぼう
っとしてるわ
이 아이, 귀엽기는
한데 조금 명한 구석이
있지 않아？

なんでもない、
なんでもない
아무것도 아니네,
아무것도 아냐.

하
하
하

...

만약 내가 당신들한테 그러면 어떨 것 같아? 엉?

삼쪼, 밀조'오'뱅 다파오! 그리고 조한구오 두개, 마이 뱅! 그리고 또, 테타리크 뱅 하나아!

내가 아무리 일본어를 써도, 그건 아무 효력이 없다는 것처럼.

내가 한 마디만 실수를 해도, 저들은 내가 아무것도 못 알아듣는 것처럼, 내 앞에서 나에 대해 마구 말해도 되는 것처럼 행동한다.

윽, 상상만 해도 딱해서 못 봐 주겠네. 그냥 잊어버리자.

ええ?
鰹のたたき?
やってないよ今

뭐??
가츠오노타타키??
이건 지금 메뉴에 없는데.

でも山本さんからのお願いだって...

저도 그렇게 말했는데 야마모토 상이 특별 부탁이라고 해 달래요....

아니. 안 돼.

윽.

確かに
鰹のたたきは今やってないです

오늘은 가츠오노타타키가 정말로 안 된다고 합니다.

申し訳
ありません

대단히 죄송합니다.

あ、残念だわ。
なんか違うもの選んで
아, 아쉽구먼.
그러면 다른 걸
고르게나.

君名前何て
言うの?
자네는 이름이
어떻게 되나?

あ、ティナです
아,
티나라고
합니다.

ティナちゃん
だね。可愛い名前だね
티나 짱이라,
귀여운
이름이네.

ありがとう
ございます
감사합니다.

いつから
日本にいるの?
일본에
온 지는
얼마나 됐지?

あ、一年半
ぐらいになります。
아,
한 1년 반 정도
되었습니다.

日本語
上手だね
일본어를
참 잘하는구먼.

いいえ
いいえ
아닙니다,
아니에요.

丁寧だしね
거기다
공손하기까지
하네.

山本です。
よろしくね
내 이름은
야마모토라고 하네.
만나서 반가워.

よろしくお願いします
저도 만나서
반갑습니다.

ティナちゃあ〜ん!
티나 짜〜앙!

はい、何でしょうか
네, 뭐 드릴까요?

辛丹波 もう一本ちょうだい!
카라탄바 한 병 더 갖다 주게.

はい。
네.

ごめんね、ティナちゃん。おちょこもう一個持ってきてくれる?
미안하지만, 티나 짱. 술잔 하나 더 갖다 줄 수 있겠나?

はい!
네!

ありがとうね!〜ティナちゃあ〜ん!
고마워〜 티나 짜〜앙!

꼬옥

184

지금 이건 무슨 기분일까?

내 자신이 어디론가 숨어 버린 것 같다.

우워어어어어

무슨 말에도 그저 실실 웃으며 답하는 로봇 소녀.

185

ご馳走さま
でした!
그럼 잘 먹고
갑니다!

ありがとう
ございました!
감사합니다!

ティナちゃん〜
티나 짱〜

꼬옥,

그 입에서 내 이름 좀 그만 들먹거려.

はい?
네?

ティナちゃん、
大好き〜
티나 짱,
너무 좋아〜

내 몸에서 손 떼.

あはははは〜
気を付けて帰って
ください
하하하하〜
조심해서 들어가셔요.

그 아저씨에 대해선
너무 신경 쓰지 마.

술 취하면
그렇게 행동하는데,
나쁜 의도가 있는 건
아니야.

네….

더는 견딜 수가 없다.

내가 내 자신이 아닌 것만 같다.

당신에게 어떻게 보답해야 하지?

나를 내 안에 붙들고 있게 해 주는 큰 선물을 받았는데.

'재생' 버튼 하나만 누르면 이렇게 당신의 목소리가 등대처럼, 연고처럼 날 포근히 감싸 주는데.

찰칵

아 맞다, 몇 시에
만날지 시간은
정했어?

힉!

앗, 그걸
까먹었다.

내가 가서
확인하고
올게.

이런 감정을 느낄 나이는 한참 지났는데….

제12장
도쿄의 겨울

도쿄에 겨울이 찾아왔다.

티나는 방한 복대하고 방한 덧옷을 하나씩 사더니 어디를 가든 그것만 입고 다닌다.

방한 덧옷

방한 복대

애늙은이 같이

집을 단열하겠다고 들인 우리의 노력이 무색하게도, 히마와리 하우스는 어마어마하게 춥다.

아침에 일어나면 내 입김이 하얗게 보일 정도다.

나는 그날 입을 옷을 이불 속에서 데워 입으려고 알람을 10분씩 일찍 맞추기 시작했다.

이불 속 단면도

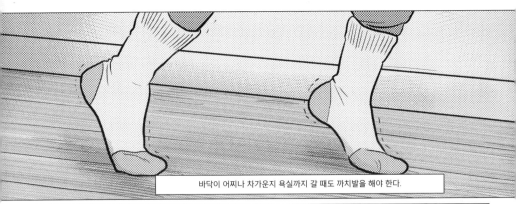

바닥이 어찌나 차가운지 욕실까지 갈 때도 까치발을 해야 한다.

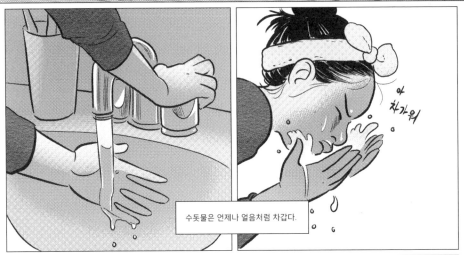

아 차가워

수돗물은 언제나 얼음처럼 차갑다.

가장 분통 터지는 점은, 막상 바깥에 나가면 그렇게 춥지도 않다는 거다. 벽이 종잇장처럼 얇은 게 문제다.

이게 실화야?
어쩜 바깥이랑
온도가 똑같잖아?

한국의 온돌이 너무도 그립다.

한국에선 실내 난방을 제대로 했다.

어떤 때에는 너무 더워서 밤에
자다가 땀을 흘리며 깰 때도 있었다.

당신 방의 꽃무늬 이불이 생각난다.

어떤 날은 방 안이 너무 더워 밤에 창문을 열어야 할 때도 있었는데.

침대에서는 팔다리를
편히 못 움직이니까 바닥에서
자자고 우기던 당신.

응?

ありがとう
ございました!
감사합니다,
안녕히 가세요!

何言ってんだか
あのばば。外国人だから何?
저 아줌마 무슨 말을
저 따위로 하지?
네가 외국인인 게
뭐 어떻다고?

ミキちゃん...
미키 짱....

えっ?
あ、まあ、ね...
日本人とは言えないけど
外人でもないね...
어? 아, 그게,
그러니까... 일본인이라고
할 수는 없으니까,
하지만, 그렇다고
외국인이라고
할 수도 없네….

私のこと外人だと
思ってるの?
나를 외국인이라고
생각해?

だって、ここで
生まれたでしょう?
그게, 너 일본에서
태어났잖아, 그렇지?

でも..
그래도….

ごめんね、なんか
아, 미안.

けど、ずっと
アメリカで育ってきて、ううん、
別に日本語ペラペラ
じゃなくても、
그렇지만
자라난 곳은 또
미국이니까. 그리고 어,
일본어가 유창하게
안 되기는 한데,
그래도 너는….

え?
謝らなくていいんだよ
응? 사과할
필요는 없어.

私こそごめんね、
変な質問して。
나야말로 그런
이상한 질문을 해서
미안.

그러니까 나는 일본인이기도 하고 아니기도 한데, 또 이도 저도 확실히는 아니라는 건가?

이따금 나는 내 일본인이라는 자아가 단지 코스튬에 불과하다는
생각을 한다. 진짜 내 모습이기를 바라지만 실제로는 아닌.

어쩌면 난, 단지 그러고 싶다는 이유로 일본인인 척하는
백인들과 다를 게 없는지도 모른다.

그들을 볼 때마다 화가 나는 이유는 결국 나도
그들과 다를 게 없다는 사실이 두려워서인 것이다.

외부인.

216

내 마음은 이곳에 있는데, 이곳은 과연 나를 원하기나 할까?

내가 어딘가 부족한 것처럼 느끼게 만드는 사람들을 보면
나도 모르게 적대적이게 되는 것 같다.

여기 사람들은 이 향긋한 공기 사이로 너무도 가볍게 지나다닌다.

아침마다 시끄럽게 우는 까마귀 소리도 들리지 않는 것 같다.

그들은 상상조차 못하겠지. 평생을 내가 이런 것들에 의지하여, 내가 가질 권리가 있는지
확신도 못하는 것들로 환상 속의 집을 지어 왔다는 사실을.

あのさ…
있지….

ん?
응?

ずっとまさくん
があたしのこと
嫌いかと思ったよ
예전에
난 네가 나를
싫어한다고
생각했어.

ええ?
まじかよ
엥?
정말?

だって、冷た
いんだもん!
너 나한테 엄청
차갑게 대했잖아!

最初挨拶しようとした時、
バタンってドアを顔に閉めて…
내가 처음으로
인사한 날, 내 면전에
대고 문을 '쾅!'
닫아 버린 거…

전혀 기억에 없는 01인

이상에는 늘
까칠해지는 01간병

覚えてる?
기억 안 나?

…

222

悪かったな
미안해.

いやいや、
とんでもありません
괜찮습니다.
부디 신경 쓰지
마십시오.

제13장
하츠모우데

일본에서 맞는 올해의 마지막 날인데…

나는 심심해서 미칠 것만 같다.

우리는 주구장창 귤을 까먹으며 텔레비전만 보았다.

어제부터 이 코타츠 밖으로 한 걸음도 나가지 않은 것 같다.

だる〜い
아〜
심심해.

미국 집에서 즐기던 불꽃놀이나 성대한 파티가 그립다.

年越しそば食べよう!
우리 다 같이 토시코시소바* 먹자, 얘들아!

* 일본에서 한 해의 마지막 날 먹는 국수.

앗? 저 사람, 티나가 좋아하는 남자 아니야?

올해는 처음으로 떡국을 만들어 보기로 했다.

조리법 자체는 그렇게 어렵지 않은 것 같은데, 알맞은 종류의 떡을 구할 수가 없었다.

바로 이런

??

??

??

으으으으으음

그냥 복장일 뿐인데…

오랜 역사의
한가운데에 선 기분이랄까?

나를 환영해 주는 집에 온 느낌.

새해 첫날은 눈이 시릴 정도로 추웠다.

凄いよへーちゃん。
何でやり方分かるの?

우와, 혜 짱.
엄청 잘하네. 어쩜
그렇게 잘해?

そこに書いてあるから

바로 여기
안내문
있잖아요.

あ、
なるほど

아,
그렇구나.

237

元気出してよ
기운 좀 내지?

え?
어?

なおちゃん
居ないから
めっちゃ明いよ
지금 나오 짱이
같이 못 와서
시무룩한 거 아냐.

そんなことねーよ
그런 거
아니야!

근하신년
(￣▽￣)⅄

톡
톡

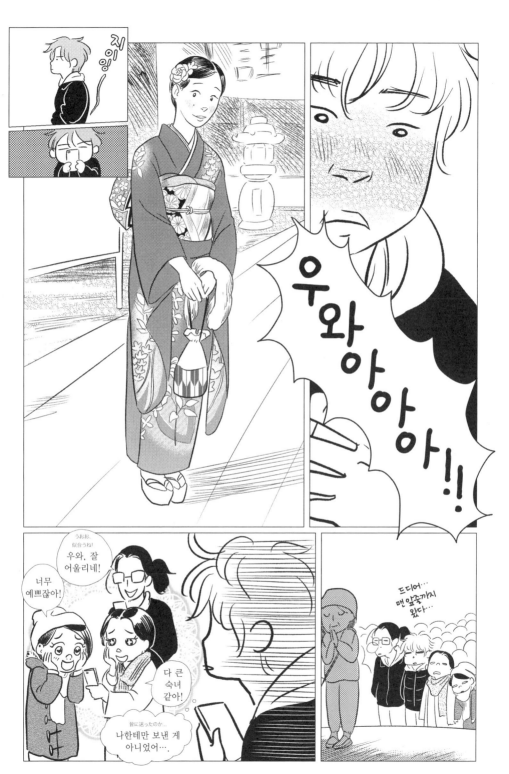

239

バーテンかよ…

그건 칵테일 쉐이커가
아닌데….

こんな難しい
日本語分からない

여기 쓰인 일본어
너무 어려워서
못 읽겠어요.

みして~

이리 줘 봐~

んん…
なるほどね

음…
그렇군.

ティナちゃん
今年恋が訪ねてくるらしいよ

티나 짱한테
올해 연애 운이
찾아온다는 것
같은데?

縁結び買って
あげようか?

사랑을 부르는
부적 하나
사 줄까?

아뇨!!!

쌩

ティナちゃん
の恋応援するよ!

티나 짱의
연애 응원할게!

おーおぉ…

앗, 아아….

나 제대로
하는 거 맞나?

괜찮겠지 뭐.
매번 완벽할 수는
없는 거잖아.

なおちゃん!
나오 짱!

行こう!
가자!

241

조금 있으면
대학 입학시험을 보는
티나하고 혜정이한테
하나씩 사다 줘야겠다.

징!

마사키

ここめっちゃ
混んでる
여기 사람
진짜 많아 :(

마사키도 하나
사다 줘야겠다.

다녀왔습니다!

이거 입으니까 빨리 걸을 수가 없네….

나오 짱! 잠시 이리 좀 와 볼래?

가요~

조금만 있어 봐

気に入った？
마음에 드니?

着物とはそんなに合わないけど
기모노랑은 안 어울리긴 하지만….

うん、凄く綺麗！ありがとう
아녜요, 너무 예뻐요. 감사합니다.

해피 뉴-이-어!

엥?

違う、でしょう？
아니죠. 해피 버스데이라고 해야죠. 그치?

해피 뉴- 버스데이!

え--
엥?

なに それ？
지금 무슨 말 하는 거래?

제14장
꽁씨파차이

잠깐만.
잘 모르겠어.
이다음에는
어떻게 해?

쉬운데! 하지만
어쩜 일본인이어야만
잘할 수 있는 걸지도
모르겠다.

아, 그래.
그런 거구···

잠깐만

마음먹고

정진을 해야 해,

티나.

뭐에

정진을 해?

우와, 내가 한국말을 할 수 있네? 몰랐는데.

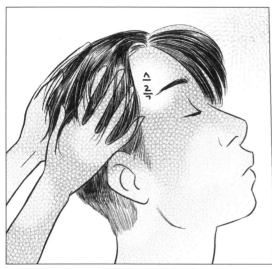

스륵

털
썩

...

포
옥

생각해 보면 참 이상하지? 내가 당신과 동일한 기억을 공유한다는 거…

정작 당신은 내 이름조차 모르는데.

스윽

꽁씨*
파차이

*중국에서 음력설에 하는 인사말, '부자되세요'라는 뜻이다.

앗, 음력설이라는 걸
까맣게 잊고 있었네.

254

전의가 너무 넘치는 바람에

一体何が…

대체 무슨 일이….

전투는 얼마 가지 못하고 끝나버렸다.

아, 오늘이 음력설이야? 완전히 잊어버리고 있었어.

한국에서도 음력설을 지내?

보통 집에 가서 가족들과 함께 지내곤 해.

찡......

우리 여기서도 지내 보자!

응. 나 뭔가 새로운 거 해 보고 싶어.

오~

그러자. 나도 명절 음식 먹어 보고 싶어.

쟈!

티나의 꽁씨파챠이 해피 뉴이어

작전개시!

고고씽!

지금 대체 우리 무슨 말 하는 거야?

여러분, 주목하세요!

오늘은 음력 설날입니다!

이것은 유생이라고 합니다!

아직은 유생이라고 부르면 안 되려나? 뭐, 이제 곧 될 테니까

설날에 먹는 특별한 음식이지요.

싱가포르에서는 재료를 하나씩 접시에 올려 넣으며 행운을 부르는 주문을 읍니다.

오늘은 비록 모든 재료를 다 갖추지 못했고, 주문도 완벽히 준비되지 않았지만요.

그런 다음에, 참석자 전원이 젓가락을 들고 재료를 던지듯 섞으며 새해를 맞아 각자 원하는 소원을 비는 겁니다.

아니면, 그냥 '후앗 아, 후앗 아'라고 외쳐도 됩니다.

제15장
유준

어서 오세요!

아!

선배의 신발이 여기 있네.

오늘 밤
시간 있어?

끄덕

처음 시작부터 알았어야 했다.

밖에선 절대 아는 척하지 않는다는 걸 깨달았을 때.

처음엔 그래서 더욱
특별하게 느껴졌다.

은밀한 비밀을
공유하는, 우리 두 사람.

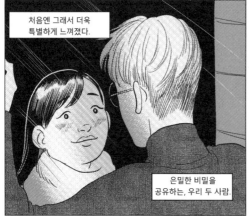

상처가 되기 시작했을 때는
이미 너무 늦은 뒤였다.

그렇다, 그게 나였다. 완벽한 당신의 여자.

당신이 원하는 거라면 뭐든 할 준비가 된…

그렇게라도 당신이 날
원하게 만들 수만 있다면.

질척거리는 그런 커플은 어차피 나도 싫으니까.

선배

오늘 밤 올 거지?

하루도 더 못 기다리겠어.
온몸에 키스하고 싶어!

아파트로 8시쯤 갈게요.
많이 보고 싶어요 저도.

선배

그래, 기다리고 있을게.

기다리고 있을게.

8:00

8:15

8:45

내일 보자!

빠이!

혜정아.

아니...
선배, 누가 보면
어떡해요?

상관 없어.

밥은요?

처음이었다. 우리 두 사람이
공공장소에 함께 있는 건.

선배, 진짜
괜찮은 거에요?

선배 걱정하니?

그거 안 되겠네.
빨리 먹어, 식겠다.

난 정확히 한 달 후에 한국을 떠났다.

그는 내가 떠났다는 사실을 알기나 할까⋯

yjn0520
김유준

178팔로워

65팔로잉

27게시물

내가 떠난 이유 중에 큰 부분이 바로 그였는데.

정말 진부하기 그지없다.
그런 사람에게 빠지다니, 너무 식상하잖아.

그런 관계가 어떻게 끝나는지,
뻔하고 뻔한 얘기인 걸.

내가 지금 왜 이 생각을 하고 있지?

이제 와서 득이 될 게 뭐 있다고.

아직도 신경을 쓰다니 내가 너무 한심하고 바보 같아.

이 분노를 어떻게 삭여야 할까?

억울해. 그래서? 이제 와서 뭐?

도무지 어떻게 해야 할지 모르겠다.

끼익

이렇게 내 몸속으로 파고들어 아프게 찌르는데.

소리 지르고 싶다.

이 모든 미움과 증오를 내 안에서 탈탈 털어내 버리고 싶다. 아무것도 남지 않을 때까지.

탁

난 대체 여기서 뭘 하고 있는 걸까?

무엇 때문에 이렇게 먼 일본까지 왔을까?

하아 하아

이곳에서라면 내 자리 하나쯤은 새겨 넣을 수 있을 거라 생각했다.
그러나 때때로 이 도시는 너무나 냉정한 눈으로 나를 바라본다.

당장이라도 나를 토해 낼 것처럼.

제16장
낙제

あいつの
ネックレス...
나오
목걸이다….

어라?
내 목걸이
어디 갔지?

아아~

애들아, 그만해!

이거 큰일이다.

이러다간 정말 눈물이 터질 것 같다.

이왕 이렇게 된 거, 1년 더 돈도 모으면서 공부하고, 내년에 가면 돼.

아니면 대학 들어가는 대신 아예 직장인으로 전향을 할까.

아직 기회는 무궁무진한걸! 미래는 밝아.

쾅

우리가 따라가 봐야 할까?

아니, 안 그러는 게 나을 거 같아.

아이고~

진짜 바보 같아! 내가 왜 그렇게 소리를 크게 질렀지?

지금 마음이 많이 안 좋겠지?

아니야, 걱정하지 마. 네 잘못이 아니야.

옥, 코트를 가지고 나왔어야 하는데.

덜덜덜

대체 난 여기서 뭘 하고 있는 걸까?

나이는 스물다섯이나 먹었는데,
뭐 하나 제대로 이룬 게 없네.

낙방   노처녀
저축액   백수
제로   학위도
없음

훠이
훠이

운동이나 하자!
그러면 기분이 좀 나아질 거야.

퍽이나…
이것도 지친다.

ごめん...
寒かったでしょ
죄송해요….
추우셨죠?

いや、全然
아니,
전혀.

もう大丈夫?
이제 좀
괜찮아졌어?

うん
네.

帰ろうか
들어갈까?

あ...
아….

제17장
와일드(Wild)

이런, 역시 말하기 전에
충분히 생각을 했어야 했다.

相変わらず素直だね
언제나
넌 정말
솔직하구나.

아, 내가 다 망쳐 버렸구나.

ごめん…こういうの
ちょっと苦手で…
미안… 이럴 때
뭐라고 해야 할지
잘 몰라서….

그에게 말로써 형체를 빚어 내라고 강요해 버렸다.

たぶん…ティナちゃん
の気持ちに応え
られないと思う
아무래도 난…
티나 짱의 마음을
받아줄 수
없을 것 같아.

그냥 형체 없이 남았어야 했는데.

밤사이 내가 나쁜 꿈을 꾸었나?

우두둑

이 이상한 기분은 뭐지?

낙방

좋아해요!

티나짱의 마음은 받을 수 없어

그것도 침팩

으아아아아아악

으쌰

아냐! 괜찮아! 아무 일도 없던 것처럼 행동하면 돼!

!!

앗 이면

別に
いいんだよ
난 괜찮아.

그냥 순간적인
충동이었어.
그리고 난 그렇게 고백한
내가 자랑스러워.

그만해! 그만!
날 울리지 말라고!!!

と…
言いたいけど…やっぱり
ちょっとズキンとくる、考えたら…
라고…
하고 싶은… 데,
역시 생각하면
바늘에 찔린 것처럼
가슴이 좀
찡하긴 하네.

그만 좀
가까이 와!!!

이리

돌아와!

휴
...

티나짱!
기다려!

움찔

쌔앵

그냥 가게
내버려 둬야
할까?

그럴 것 같아.

저렇게
필사적으로 남한테
자기 우는 모습을
안 보여 주려고 하는
사람은 처음 봤어.

요즘 부쩍 영어와 일본어의 차이에 대해
많은 생각을 하게 된다.

영어는 마치 지하철에서 다리를
쩍 벌리고 앉아 있는 아저씨 같다.

바구니에 넘치도록 담긴 사과와도 같다.
잔디밭 위로 느릿느릿 굴러가는 'apple'의 'a'처럼.

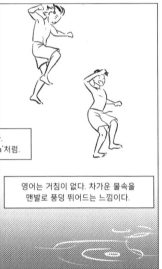

영어는 거침이 없다. 차가운 물속을
맨발로 풍덩 뛰어드는 느낌이다.

일본어는 전쟁 중에 설탕을 배급하는 것처럼 말을 아낀다.

하고자 하는 말에 설탕 6~7 결정을
살포시 뿌리고 조용히 자그마하게 접는다.

어떤 말에든 늘 진심이 담긴다.

낱말과 낱말 사이의 무게를 더 깊게도
흐리게도 만들며.

308

나오 짱???
무슨 일
있었어?

드디어
정신 줄을
놓았군….

나,
마사키하고…
키스했는데….

제18장
하나미

연결 상태 확인 중…

데이터 송신 중

데이터 송신 완료

제19장
엄마

でもね、へーちゃん。
前からちょっと気になってたけど、なんで
日本? それに何で普通の留学しないで、
前の学校を辞めて、ゼロから始まったの?

저기, 혜 짱, 예전부터
궁금했던 게 하나 있는데…
왜 일본을 택한 거야? 그리고
다른 애들처럼 평범하게 유학을
오지 않고, 왜 전에 다니던
학교까지 자퇴하고 처음부터
다시 시작한 거야?

うん、めっちゃ楽しんでる!
これから覚えることが沢山
あって、とてもわくわくする

네, 완전 재미있어요! 아직도
배울 게 너무나도 많은데,
그래서 너무 기대가 돼요.

ううん、
何でだろう?

음,
왜 그랬을까요?

그냥!

クニャン?
何それ?

'구냥'? 그게
무슨 뜻이야?

それがやり
たかったから!

그냥 그러고
싶어서!

うおお、
カッコいい!

오오,
멋있는데!

へへ、でも実は、
来た時何もプランなかった。
美術勉強したいとか、日本語勉強したいとか、何も。

헤헤, 그게 말이죠,
실은 처음 왔을 땐 아무런
계획도 없었어요. 미술 공부를
하겠다든가, 일본어 공부를
하겠다든가 하는 그런 생각
자체가 없었죠.

しんさんが言うった風にやったら、
more make sense だと思うけど。
頭が本当にぼーっとしてた

신 상이 말한 대로 유학을 왔더라면
그게 훨씬 이치에 맞았을 거예요.
그런데 그땐 정말 머리에
아무 생각도 없었어요.

なるほどね。途中で決めたって事?

그랬구나. 그러면
여기 와서 살면서 차차
결정했다는 거야?

そうだね

네, 그렇죠.

328

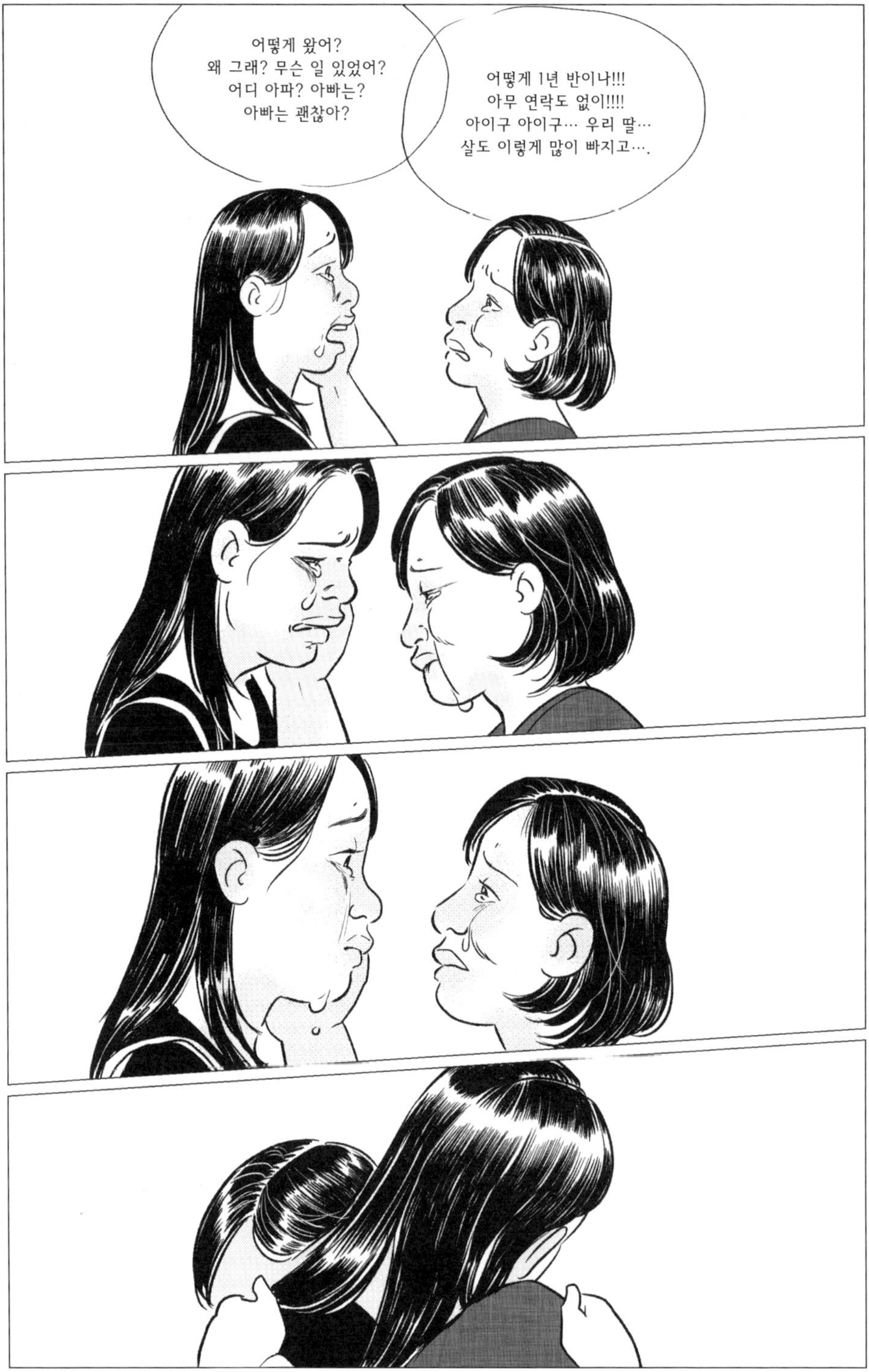
어떻게 왔어?
왜 그래? 무슨 일 있었어?
어디 아파? 아빠는?
아빠는 괜찮아?
어떻게 1년 반이나!!!
아무 연락도 없이!!!!
아이구 아이구… 우리 딸…
살도 이렇게 많이 빠지고….

안녕하세요!
혜정이
친구들이지?

너무 반가워요!
우리딸 잘해 줘서
너무 고마워요.

혹시 너 이 사람 누군지 아는 거야?
모르지) 네가 알지 않을까 했지

아, 너희들
우리 엄마
만났구나?

이분이
네 어머니이셔???

혜 짱 엄마가 이곳까지 오시다니, 완전 대박이다. 옛날에 크게 싸우고 틀어졌다고 하지 않았나?

1년도 넘게 연락을 끊었다고 한 거 같은데, 맞지?

응, 그러게. 무슨 일이 생긴 거려나.

티나 짱 엄마는 어떤 분이셔?

우리 엄마? 음…

만약 우리 엄마가 날 보러 왔다면, 미친 듯이 청소하고 음식을 만들면서 그러는 내내 나한테 시끄럽게 잔소리를 퍼부었을 거야.

그런 간단한 거 하나도 모르니?

요리도 못하고, 방도 이렇게 지저분하고, 빈 컵라면 용기는 왜 이렇게 많은 거야!

그러니까 시험에서도 떨어지지. 어째 이렇게 기본이 안 되어 있니, 자기 자신을 돌볼 줄도 모르고!

그리고 나서, 내가 엄마를 버리고 떠났다느니 어쩌니 한바탕 퍼붓고 선물을 한 보따리 사 주고 돌아갔을 거야.

듣기에도… 장난 아니신데….

아시아 스타일 엄마의 표본이라 할 수 있지. 나오 짱네 어머니는 어쩌셔?

음…

우리 엄만 엄청… 조용하셔.

도우시타노?
무슨 일이니?

나 이제 도시락
안 싸 갈 거야! 다른
애들이 냄새난다고
놀린단 말이야!

자신의 언어도, 음식도, 문화도 거부하는 아이들을 보며

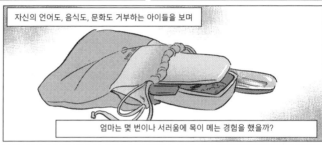

엄마는 몇 번이나 서러움에 목이 메는 경험을 했을까?

일본어로는 엄마도 화려한 수를 놓듯 풍부한 뉘앙스나
유머를 구사했을 텐데…

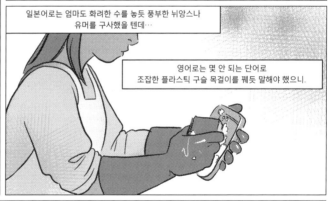

영어로는 몇 안 되는 단어로
조잡한 플라스틱 구슬 목걸이를 꿰듯 말해야 했으니.

엄마도
다른 엄마들처럼
그냥 샌드위치를
싸 주면 안 돼?

하고 싶은 말이 정말 많았을 텐데, 엄마는 어떻게 그것을 참고 견뎠을까?

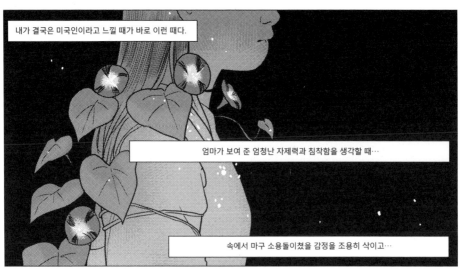

내가 결국은 미국인이라고 느낄 때가 바로 이런 때다.

엄마가 보여 준 엄청난 자제력과 침착함을 생각할 때…

속에서 마구 소용돌이쳤을 감정을 조용히 삭이고…

그저 우릴 향해 지그시 웃어 주던.

나로서는 절대 소유할 수 없는 그런 종류의 힘.

우리 엄마는 완전 전형적인 일본 분이셔. 누구에 대해서든, 무슨 일이든 절대 불평하는 일 없는,

어디서도 적응 잘 하는 외유내강 스타일.

그런 면에서 나는 엄마랑 하나도 안 닮았지.

정말… 오랫동안
시간만 낭비했네.

우리 딸 밥은 잘 먹나.
고민하느라 잠도 못 자고,
밥도 잘 안 넘어가고.

작년은 어떻게
보냈는지 기억도
잘 안 나더라.

니가 전화번호 바꾸고,
가족한테 연락처
하나 안 남기고
떠났는데도

어떻게 딸을 잊어.
언젠간 집에 들어오겠지 하고…
그냥 기다리고, 기다렸지.

기다리다 미칠 뻔 했어.
그래서… 결심한 거야.
너 집으로 데리고 오려고.

엄마…
죄송해요.

아니…
아니야.

근데…
나 집에 안 가.

집에…
절대 안 가.

아니, 왜 그래?
우리 집이 그렇게 싫어?

집이 싫은 게
아니라…
집에 있을 때의
내가 너무 싫어.

여기 입학한 지
한 달도 안 됐어.
이제 와서 어떻게 돌아가?

입학?
입학한 거니?
여기서?

어.

무슨 학과?

…

무슨 학과냐고~

미술….

미술…?

드디어
올 것이
왔다

무슨 쓸데도
없는

미술에 관심 있었어?

!

어… 사실
나도 처음 알았어.
여기 와서, 알바하고 일본어
공부하면서, 앞으론 뭘 해야 하나
많이 고민했는데….

좋아하는 거랑,
하고 싶은 거랑…
그런 거… 많이 깨달았어.

그랬구나….

그렇게 몇 시간이 지나도록 우리는 대화를 나누었다. 내 삶에 대해, 공부에 대해,
내가 떠난 이유에 대해, 엄마는 내게 묻고 싶은 게 아주 많았다.

그중에 어떤 질문이나 답은 너무 고통스러워 차마 입 밖으로 내지 못하고,
한참을 서로 얼굴도 쳐다보지 못한 채 둘 다 무거운 침묵에 짓눌려 있기도 했다.

그러나 결국엔…

그동안 쌓였던 모든 앙금도 우리가 흘린 눈물에
깨끗이 씻겨 나가고…

나는 아주 긴 시간 꾹 참아 왔던 숨을…

드디어 시원하게 내쉰 것 같은…

느낌이 들었다.

제20장
앞으로

응, 엄마.
나야.

무슨 일 있어?
웬일로 전화를 했어?
어디 아픈 데 있니?
돈 필요한 거야?
무슨 일이야?

아니에요,
아니야!
아무 일도
없어요.

그러면 전화를 왜 해?
나 지금 바쁘단 말이야.
이럴 시간이 어디 있어.

엄마!

…

왜?

그냥 목소리
듣고 싶어서
전화했어.

뭐라고?
대체 왜?

헐… 대체 왜라니,
그게 무슨 말이야?
엄마가 보고 싶어서
전화했다니까.

…

…

그러면
어서 말해.
뭘 꾸물거리는
거야?

엄마도 알잖아 라-. 개가 원래 쫌 그렇지 마-. 아이야, 걱정하지 마-라-.

아니 레-. 내가 개 나이였을 때 난 훨씬 어른스러웠어 레-.

엄마. 왜 자꾸 그래? 나도 이제는 철이 많이 들었다니까 레-. 야- 라-. 이미 어른이라고 마-.

알았어, 엄마. 나 이제 그만 끊어 랴-. 룸메이트가 방금 방에 돌아왔거든. 아, 아. 알았다니까 라-. 오케이, 조만간 또 전화할게 라-. 아-. 오케이. 바이.

누구야?

우리 엄마.

지금 무슨 언어로 말한 거야?

아, 싱글리쉬야. 영어가 바탕이긴 한데, 거기에 싱가포르에서 쓰는 온갖 다른 언어가 버무려졌다고나 할까.

우와, 완전 짱이다! 기억나. 전에도 한번 말한 적 있었지. 그런데 직접 들어 본 건 처음이라서.

평소에도 그렇게 말하면 넌 못 알아들을 거 아니야. 안 그래? 그러니까 '라'나 '로' 같은 말을 안 섞어 쓰는 거지.

너 초금씩 그건 말 쓰기는 해

일본인하고 미국인 중에서 넌 네 자신이 뭐라고 느껴져?

음….

상황에 따라 다른 것 같아. 일본에서는 미국인에 더 가까운 것 같고, 미국에서는 일본인에 더 가까운 것 같고.

알잖아, 회색 동그라미를 하얀 색 배경에 놓으면 더 어둡게 보이고, 검은색 배경에 놓으면 더 밝게 보이는 거.

음… 알 것 같기도?

어쩌면 이런 문제는 내가 예전에 생각했던 것만큼 중요하지 않은지 모르겠다.

처음 도쿄에 왔을 때 난 내가 이 나라에 있어도 된다는 증거를 찾으려고 필사적이었다.

만나는 사람 모두가 심판 같았고, 갈림길에 설 때마다 시험을 치르는 것 같았다.

ここにいたかったら それでいいんじゃない? 너만 이곳에 있고 싶다면, 그걸로 된 거 아니야?

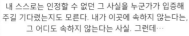

내 스스로는 인정할 수 없던 그 사실을 누군가가 입증해 주길 기다렸는지도 모른다. 내가 이곳에 속하지 않는다는, 그 어디도 속하지 않는다는 사실. 그런데…

생각해 보면 둘 다 될 수 있다는 건 신나는 일이야, 안 그래? 예전에 난, '반'이란 건 어느 쪽에서 보든 한쪽이 모자란 거라고 생각했던 것 같아.

대체 왜 그렇게 생각했대? 그건 당연히 아니지.

무언가가 사실일 수도 있다는 말은…

사실이 아닐 수도 있다는 말과 같을 테니까, 그렇지?

엄마는 몇 주 더 계시다 가셨다.

나는 츠케모노*를 만들어 아빠에게 갖다 드리라고 드렸다.

* 일본식 채소 절임.

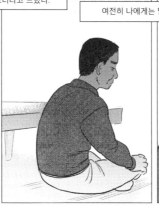

여전히 나에게는 말문을 닫아 버린 아빠.

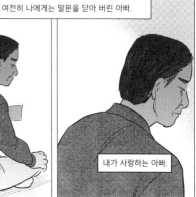

내가 사랑하는 아빠.

내가 계속 일본에 남기로 한 결정에 대해

엄마도 완전히 납득하신 건 아니었다.

앞으로.

계속 나아가는 수밖에.

너희들은 미래의 꿈이 뭐야?

저는 평화로운 세상을 꿈꿔요, 모든 여성이…

그런 꿈 말고.

솔직히 말해서 난 잘 모르겠어.

사실 내가 일본에 온 건 스스로를 시험해 보고 싶어서였는데… 궁극적으로는 뭘 원하는지 모르겠네.

일본어에 능통해지는 거? 일본 대학에 들어가는 거? 일본 회사에 취직하는 거?

아직은 딱히 목표랄 게 없어. 그런데 생각해 보면, 그게 왜 그렇게 중요해?

나는 거창한 꿈은 없어! 그래도 괜찮은 거 맞지??? 난 그저 하루하루를 즐겁게 보내고 싶어!!!

꿈 없는 평범한 인간이면 안 되는 거야?

그게 그렇게 잘못이냐고??

아니… 그것도… 괜찮아….

미안해, 그런 질문해서….

너희들 꿈은 뭔데?

353

자신이
질문 받고 싶어서
물어본 1인

반짝

반짝

먼저 말해,
혜 짱.

나는 이미 꿈을
이루었어.

내 꿈은 바로
여기서 너희들하고
지내는 거거든.

뭐야 그게?!
혜쨍!!

하하하

아니,
그렇지만
진짜…

어,

방금 한 말이
진짜가 아니라는
말임?

난 일본에 오게
되어서 참 행복해.

제21장
다음에 또 봐

그런데
신 상.

우리를 감쪽같이
속였잖아요.

이렇게
차가 있으면서
그동안 어떻게 우리
아무도 모르게
감춰 왔어요???

너 몰랐어?

너는 알았어?

나는 아는데.
아니, 알았는데.

え?
知らなかったの?
잉?
너 몰랐어?

別に 隠してた訳じゃ
なかったけど
일부러
숨기려 한 적
없는데.

오늘 우리는 다 함께 바다로 놀러간다.

어슴푸레 빛나는 바다.

머리카락과 티셔츠에서 나는 그 아이의 냄새.

발바닥에 느껴지는 까끌한 바위.

햇볕에 달궈진 피부의 감촉.

가슴이 부풀어 오르다 못해 뻥 터져 버릴 것 같았다.

어쩌면 그런 건 상관없을 지 모른다.

비록 환영에 불과하다 해도…

아무리 짧다 해도…

십 년, 이십 년 후에는 기억에서 사라져 버린다 해도…

실제 있었던 일이라고 아무도 인정해 주지 않는다 해도…

나에게는 진짜였으니까.

그렇다면 그걸로 된 거 아닐까?

이 책에 쓰인 영어 억양에 대하여

　오랜 세월 동안 아시아인들은 서양 대중 매체 속에서 대체로 불쾌하거나 일차원적인 모습으로 그려졌다. 그러다 보니 외국인 억양이 강한 말투를 쓰는 등장인물은 극중에서 주로 코믹하거나 이국적인 효과를 내는 역할을 했다. 아시아 문화를 훌륭하게 그려냈다고 칭송받는 유명한 영화들에서조차도 아시아 억양을 쓰는 등장인물은 죄다 코믹한 역할을 담당했고, 그 사실에 나는 적잖이 놀라곤 했다. 그렇게 이어져 온 관습은 어느새 굳어져, 외국어 억양을 쓴다는 자체가 웃긴 것, 바보 같은 것, 혹은 '다르다는' 것으로 받아들여지게 된 것 같다.

　나는 어릴 적부터 집에서나 지역 공동체 속에서 외국인 억양이 섞인 영어를 많이 접하며 자랐다. 또, 몇 군데 외국 생활을 하며, 서툰 일본어, 한국어, 스페인어 실력으로 인해 곤란한 경험을 하기도 했다. 『히마와리 하우스』를 쓰면서, 나는 자연스럽게 외국인 억양을 쓰며 때로는 문법적인 실수를 저지르기도 하는, 현실적이고 3차원적인 모습의 사람들을 그려내고 싶었다. 나는 이런 억양이 참 좋다. 내 생각에 억양은 사람들의 말에 깊이와 개성, 공간적 감각을 더해 준다. 이 책으로 인해 조금이나마, 아시아 출신 등장인물이 아시아식 억양을 쓰는 것이 부끄러운 일이 아니라 자랑스러운 것이라는 인식이 퍼질 수 있다면 좋겠다. 아닌 게 아니라, 외국인 억양을 쓴다는 건, 그 화자가 여러 언어를 구사할 능력이 있다는 사실을 입증하는 증거가 아니던가.

감사의 말

제 첫 번째 독자가 되어 준 그레이시를 비롯해 엄마, 아빠, 앨런, 카오리, 우리 가족에게 고마운 마음을 전합니다. 당신들의 괴짜 같은 면과 창의적인 생각, 내게 베풀어 준 사랑과 온기, 모두 고맙습니다.

이 책을 쓰는 동안 문화적인 면이나 언어적인 면에서 크나큰 도움을 준 나오유키 쿠로다, 자넬 웡, 최종희, 헤이하치로 시게마츠, 유도리에게 감사를 표합니다. 당신들이 없었다면 결코 해낼 수 없었을 겁니다.

키아라 발데즈 편집자와 송동원 에이전트, 그밖에도 이 책이 세상에 나올 수 있게 열심히 일해 주신 퍼스트세컨드의 모든 멋진 직원 분들께 감사의 마음을 전합니다.

F 그래픽 컬렉션 Graphic Novel

펴낸날 초판 1쇄 2023년 4월 20일
지은이 하모니 베커 | 옮긴이 전하림 | 펴낸이 신형건
펴낸곳 (주)푸른책들 · 임프린트 에프 | 등록 제321-2008-00155호
주소 서울특별시 서초구 양재천로7길 16 푸르니빌딩 (우)06754
전화 02-581-0334~5 | 팩스 02-582-0648
이메일 prooni@prooni.com | 홈페이지 www.prooni.com
인스타그램 @proonibook | 블로그 blog.naver.com/proonibook
ISBN 978-89-6170-888-3 03840

F Fall in book, Fan of literature. 에프는 종이책의 새로운 가치를 생각하는 푸른책들의 임프린트입니다.
에프 블로그 blog.naver.com/f_books